LA
NUIT
DE
NOËL

LA
NUIT DE NOËL.

BIBLIOTHÈQUE RÉCRÉATIVE.

OUVRAGES PUBLIÉS :

FABLES DE LA FONTAINE, choisies pour les enfants ; 12 grav. sur acier, 60 vignettes sur bois, 1 vol. petit in-8°, cartonné.

LA SEMAINE D'UNE PETITE FILLE , par Mlle Louise d'Aulnay, 1 vol.

LA NUIT DE NOEL, par Mlle Louise d'Aulnay, 1 vol.

A LA GRACE DE DIEU, par Richomme, 1 vol.

LES PLUS JOLIS CONTES DES MILLE ET UNE NUITS, arrangés pour les enfants, 1 vol.

LES JEUX DE LA POUPÉE, 1 vol. petit in-8°.

NOUVEAU LIVRE DES PETITS GARÇONS, 1 vol. petit in-8°.

L'ERMITE DE ROSE-AUX-BOIS, par Vanault, 1 vol.

Plusieurs autres volumes sont sous presse.

PARIS. — IMP. SIMON RAÇON ET Cie, RUE D'ERFURTH, 1.

La nuit de Noël.

LA
NUIT DE NOËL

NOUVELLE

PAR

Mlle JULIE GOURAUD,

Auteur des *Mémoires d'une Poupée.*

PARIS

AMÉDÉE BÉDELET, LIBRAIRE,

20, RUE DES GRANDS-AUGUSTINS.

NUIT DE NOEL.

Lucie était une charmante enfant, bien fière d'avoir atteint sa douzième année pour quitter le pantalon blanc et la robe courte.

1.

Elle devait cet avantage à sa croissance prématurée. En considérant sa mère, grande et svelte, la petite fille se félicitait de lui ressembler, et de pouvoir espérer qu'elle aussi aurait une taille au-dessus de l'ordinaire. Cet espoir faisait la joie de Lucie : chacun a son goût.

On eût dit que Lucie mettait au-dessus de tous les plaisirs de son âge le bonheur d'avoir sa mère pour institutrice ; il semblait qu'elle songeât sans cesse à la dédommager de sa patience et de ses soins. Malgré la tendresse qui se trouve naturellement dans le cœur d'une mère, il faut convenir qu'il y a du dévouement à passer ses journées avec une élève plus ou moins indocile. Cette réflexion n'a peut-être pas échappé à ces demoiselles, et je ne serais pas étonnée que quelques-unes se fussent promis, en songeant à l'avenir et en jouant avec leurs poupées, de mettre leurs filles au couvent, afin d'avoir plus de liberté pour dîner en ville, faire des visites et aller au bal.

Les amis et les gens de la maison étaient charmés de l'application et de la bonne humeur de Lucie. Une visite chez sa mère n'excitait point sa curiosité ; elle ne quittait pas ses devoirs pour aller questionner la femme de chambre, et n'entrait pas sous un prétexte quelconque dans le salon pour voir la personne arrivée. Pendant l'absence de sa mère, Lucie ne regardait pas par la fenêtre, et ne taillait pas sa plume jusqu'à ce qu'il n'y en eût plus.

Il me semble voir sourire une de mes jeunes lectrices au récit de tant de perfections dans une enfant précisément de son âge. « Voici encore, dit-elle, un de ces contes où l'on nous montre des petites filles parfaites, aimant l'étude plus que le plaisir... Certes, mademoiselle Lucie n'était pas si enchantée de travailler, et songeait comme moi au bonheur d'être grande pour n'avoir plus d'heure d'étude. Je gage qu'il lui était plus facile d'attacher ses cahiers avec des faveurs roses que de les remplir de verbes, de dictées et d'analyses... »

Laissons dire. Je puis vous affirmer que les qualités de Lucie ne sont pas imaginaires.

Cependant (comment s'en étonner !) Lucie avait des défauts qui nuisaient à ses bonnes qualités. Cette pauvre petite fille oubliait sans cesse que ce qu'il y a de bon en nous ne vient pas de nous. Au lieu de rendre grâces à Dieu de lui avoir donné de l'intelligence, elle était vaine de sa facilité, recherchait l'occasion de briller et d'étaler ce qu'elle avait appris.

Lucie n'était ni rangée ni soigneuse. En la voyant, on devinait le désordre de son pupitre et de sa commode. Sa chambre semblait toujours avoir été le théâtre de quelque

Lucie ne sait point travailler.

scène de comédie ; il fallait y marcher avec précaution, de peur de rencontrer sous les pieds un livre ou un soufflet ; les chaises étaient habillées comme des mannequins : c'était pitié à voir ! Il n'est pas une personne de bon sens qui ne pensât que mademoiselle Lucie ne fît beaucoup mieux de ranger sa chambre que de devenir savante. Lucie ne savait pas faire un point de couture ; elle était incapable de se rendre le plus petit service en ce genre, et, comme sa mère la contraignait à faire les choses par elle-même, Lucie employait force épingles, expédient qui n'avait pas toujours un plein succès. Portait-elle la main à la poche de son tablier ? aussitôt une égratignure et un cri accusaient sa paresse ; au milieu d'une partie avec *Minette*, chatte d'enfance, un ronflement de colère se faisait entendre : c'est que la patte de Minette avait rencontré des armes aussi redoutables que celles qu'elle avait la délica-

tesse de dissimuler pendant ses heures d'in-
timité avec sa jeune maîtresse.

Ces dispositions inquiétaient madame Delorme ; elle ne redoutait rien tant que d'avoir
une fille vaine et incapable d'établir l'ordre
dans sa maison. L'expérience lui avait appris que les qualités brillantes n'excluent
pas les qualités essentielles, et que, sans celles-ci, une femme est toujours insuffisante
dans sa famille.

Cette bonne mère regrettait presque d'avoir
une fortune qui lui permît de se faire servir.

Il ne faut pas que cela vous étonne, mes
enfants : sachez que vos mères sont prêtes à
tout sacrifier pour votre bien ; elles ne pas-
sent pas un jour sans demander à Dieu sa
grâce pour les éclairer sur vos défauts, et
leur donner en même temps la force de vous
corriger, de vous rendre bonnes et utiles
en cette vie, qui n'est qu'une épreuve pour
l'autre.

Madame Delorme, voyant ses efforts inutiles, attendait avec patience qu'une circonstance fortuite lui vînt en aide.

C'était au mois de septembre : cette année-là Lucie était restée tout l'été à Paris, et je dirai à sa louange que sa bonne humeur n'avait point été altérée en voyant ses jeunes amies partir pour les eaux. Quelle fut donc sa joie lorsque sa mère lui annonça un voyage en Anjou ! Plus d'une fois Lucie avait entendu parler des vendanges, qu'elle n'avait jamais vues. Moins heureuse que beaucoup de ses amies, elle ignorait le plaisir de descendre un beau fleuve sur un bateau à vapeur. Cette nouvelle causa donc un bonheur inouï à Lucie. « Enfin, disait-elle en embrassant sa mère, j'aurai aussi, moi, quelque chose à raconter ; j'écrirai mon voyage, comme fit Pauline l'an passé. » La petite battait des mains, sautait, embrassait sa bonne : c'était plaisir de la voir.

Pendant huit jours de préparatifs, Lucie se fit tracer son itinéraire. Déjà elle se voyait doucement emportée par le bateau à vapeur passant devant les îles verdoyantes de la Loire; elle admirait toutes ces jolies maisons de campagne tant vantées. Et puis enfin, elle allait trouver des enfants à peu près de son âge. Ces petites filles n'avaient passé que quelques jours à Paris. Notre jeune amie pensait avec un certain plaisir que, grâce aux soins de sa mère et à l'avantage d'être Parisienne, elle aurait nécessairement une supériorité marquée sur les jeunes Angevines.

Lucie assista aux préparatifs de voyage; elle rappelait soigneusement les objets oubliés, faisait les commissions de sa bonne, tenait la boîte aux épingles : tout allait pour le mieux.

Aurait-elle jamais supposé que sa mère eût l'idée d'entreprendre un voyage sans em-

mener une femme de chambre! .. C'est ce
qui arriva.

Cette résolution étant connue, le bonheur
de Lucie fut fini. La campagne la plus fertile
ne sera plus qu'un champ inculte à ses yeux;
la vendange sera triste, les jeunes amies lui
seront indifférentes. Lucie ne se sent pas le
courage d'acheter les plaisirs qui lui sont
offerts au prix des fatigues qu'elle entrevoit.
« Quel malheur! » disait tout bas la petite Lucie. Son imagination active lui représentait
sa position telle qu'elle allait être. C'était bien
clair : elle ne pouvait plus compter sur personne pour plier et serrer ses affaires, et,
malgré toutes les précautions qu'elle se pro-
mettait de prendre pour assujettir ses cordons
de souliers et autres, il n'était pas présu-
mable qu'ils resteraient à leur place pendant
deux mois : l'illusion était impossible. Lucie
ne pouvait pas non plus dire à sa mère :
« Laissez-moi ici. » Chère enfant! je vous

plains de tout mon cœur. Ce n'est pas une plaisanterie, vraiment ! une petite fille négligente et paresseuse excitera toujours la compassion des gens de bien.

Madame Delorme pénétra facilement la cause du changement de sa fille ; son but était atteint. Vous saurez qu'il eût été beaucoup plus commode pour cette dame d'emmener sa femme de chambre ; mais une mère ne recule devant aucun sacrifice lorsqu'il peut être utile à l'objet de sa tendresse. C'était pitié de voir le visage bouleversé de Lucie. Il n'était pas un habitué de la maison qui ne soupçonnât qu'elle se fût rendue coupable de quelque désobéissance. Voyez un peu quelle folie ! Lucie pleurait sur ses malheurs.

Les malles sont faites : on part. Lucie dit adieu à sa bonne. Elle l'embrassa avec une affection particulière. Jamais Modeste ne lui avait paru si bonne fille ; Lucie ne pouvait plus se détacher de son cou. Modeste, toute attendrie, souriait en songeant que son fil et ses aiguilles étaient pour quelque chose dans cette scène pathétique. Les adieux de Minette ne furent pas aussi tristes : deux griffes de moins étaient à considérer dans cette fâcheuse occurrence. Pauvre Minette !

Les objets nouveaux qui passèrent successivement devant les yeux de Lucie n'eurent pas la puissance de la sortir de ses tristes pensées. On voyait bien de temps en temps un rayon de joie sur sa physionomie enfantine ; son sourire rappelait le soleil de mars, qui se cache derrière les nuages gris dont le ciel est couvert.

La situation d'esprit dans laquelle se trouvait Lucie lui rendit le beau voyage des bords de la Loire fort indifférent. Toute autre qu'elle m'aurait valu le plaisir de vous raconter mille choses amusantes, comme il arrive aux voyageurs attentifs et de bonne humeur. Figurez-vous une petite fille baissant le nez, faisant effort pour ne pas laisser paraître toutes les idées ridicules qui circulaient dans sa tête.

Tandis que notre voyageuse voyait s'avancer à regret le rivage où elle allait débarquer, les enfants de madame Hervey attendaient avec impatience l'hôte qui leur était promise.

Enfin, force est à Lucie de quitter et ses pensées et le bateau. Une foule de parents et d'amis sont sur le rivage; ils cherchent à découvrir leurs voyageurs : Fanny et Noémi ont reconnu Lucie, et la serrent déjà dans leurs bras.

Elles trouvèrent à leur amie un petit air embarrassé qu'elles attribuèrent généreusement à la fatigue du voyage ; et puis c'était presque une nouvelle connaissance.

Le lit de Lucie fut placé auprès de celui de sa mère. Hélas! il faut bien le dire, au lieu de se réjouir d'une pareille faveur, Lucie s'en affligea. Elle, si bonne, si aimante, ne sent pas en ce moment le bonheur de dormir auprès de cette tendre mère. Ce n'est point à dire que Lucie n'aime pas sa mère, gardez-vous de le croire; mainte fois je l'ai vue recommencer un devoir difficile, étudier son piano une demi-heure de plus. Sans cette horreur de l'ordre et de l'arrangement, sans cette légèreté, on aurait pu croire Lucie une petite fille parfaite. Madame Delorme vit avec intérêt ce qui se passait dans l'esprit de sa fille; elle se promit bien de mettre à profit une circonstance attendue depuis longtemps. Elle n'accepta les services de la femme de chambre de madame Hervey que pour les choses indispensables, et du ton le plus doux et le plus tendre elle réclama ceux de sa fille.

Une paresseuse qui a bon cœur se soumet encore volontiers à s'occuper des autres. Lucie fit donc de son mieux tout ce que sa mère lui commanda; mais, lorsqu'elle fut obligée de plier ses propres affaires, de ranger la

chambre, son cœur se remplit d'une tendresse indicible pour Modeste. C'était, selon
Lucie, une injustice criante d'avoir laissé
cette bonne fille s'ennuyer à Paris, tandis
qu'un voyage lui eût valu mille distractions.

Les vicissitudes de notre jeune amie ne
troublèrent cependant pas son repos; mais,
en s'éveillant le matin, ses yeux rencontrè-
rent une malle : cette vue lui arracha un
soupir. Sans doute, pensa Lucie, la mati-
née se passera à remplir des tiroirs de commode. Cependant elle eut un moment d'espoir : Maman se donnera-t-elle tant de soins?
Non, assurément : ses mains blanches et dé-
licates n'auront pas la force de remuer tous
ces paquets; ces grosses cordes, ces pointes
aiguës, n'auraient qu'à effleurer une peau si
fine! Ah! cette pensée fit horreur à la bonne
Lucie : il lui semblait voir couler le sang de
sa mère, et je ne doute pas qu'en ce moment
elle n'eût pris la peine d'aller jusqu'à Paris

pour chercher le secours de Jean et de Modeste.

Comme beaucoup de petites filles, voire même beaucoup de gens, Lucie ignorait que la volonté qui vient du cœur est invincible. Madame Delorme, si bien servie chez elle, se faisait une douce nécessité de se servir elle-même, dans l'espérance que son exemple aurait plus de force que ses paroles. Ayant terminé sa toilette, elle se mit donc en devoir de défaire les paquets, réclamant, bien entendu, le secours de Lucie. Quel fut l'étonnement de celle-ci en voyant sa mère dénouer patiemment la grosse corde qui traversait une caisse! Lucie voulait appeler quelqu'un : sa mère l'en empêcha.

La cloche du déjeuner vint résonner comme une douce harmonie aux oreilles de la petite fille; elle allait s'élancer de la chambre pour courir au-devant de ses amies, lorsque sa mère lui fit observer que plusieurs objets de toilette n'étaient pas à leur place ; que son verre, sa brosse à ongles, n'étaient pas rincés et essuyés ; que son bonnet était négligemment jeté sur une chaise ; que sa brosse n'était pas en état, etc...

Lucie obéit sans répliquer, rangea, essuya tout, et termina par faire ce qu'on appelle vulgairement un paquet de nuit. Ma bonne, ma chère bonne, pensait Lucie, tu ne souffrirais certainement pas cela !

L'aspect d'un beau jardin, l'air frais, et puis enfin une table chargée de fruits et de gâteaux de ménage, ranimèrent un peu Lucie. Elle reprit sa gaieté, pensant qu'après tout il faut bien supporter ce qu'on ne peut éviter.

Une bonne amitié s'établit entre les trois jeunes filles, dont l'aînée, Fanny, avait treize ans.

C'était fête et vacances : quelques heures seulement seraient consacrées à l'étude ; le reste du temps passerait en courses et en jeux; on se réunirait aussi sous une charmille tapissée de fleurs et de verdure pour lire de jolies histoires et travailler à l'aiguille.

Ce dernier mot causa à Lucie une douleur aussi vive que si une aiguille anglaise lui eût transpercé le doigt.

Déjà Lucie avait eu quelques succès : on avait admiré ses petites mains sur le piano; elle s'élevait jusqu'à la hauteur d'une étude à quatre mains de Bertini, et c'était une gloire pour elle d'être assise au piano à côté de sa mère. Lucie avait une certaine facilité; elle n'était point embarrassée pour tourner joliment une lettre; elle savait sa carte de France par cœur, et n'ignorait pas la vertu de la reine Blanche et de son fils saint Louis. Lucie se trouvait *beaucoup plus avancée* que ses amies; elle attribuait sa supériorité au séjour de Paris.

La première semaine se passa en promenades, en causeries. Les petites filles ont tant de choses à se raconter! Fanny et Noémi disaient simplement comment leur temps était employé : les deux sœurs s'habillaient ensemble, échangeaient mille petits services, et apprenaient, sous la direction de leur mère, à gouverner une maison, à coudre et à tailler.

— A Paris, on s'occupe moins de ces détails, dit Lucie.

— Mais, au moins, vous savez faire de jolies broderies? L'an dernier nous avons eu la visite d'une Parisienne qui excellait dans la tapisserie et la broderie en tous genres. Nous voudrions bien apprendre à faire tout cela; mais maman veut que nous sachions auparavant faire les vêtements de première nécessité pour les pauvres.

Un essaim de rouges-gorges passa au-dessus de la tête des trois amies; elles se

mirent à les poursuivre pour les effrayer.
Lucie, qui aurait volontiers suivi dans les
airs ces hardis voltigeurs, passa rapidement
auprès d'un rosier dont on n'eût point soupçonné la perfidie : une branche chargée des
dernières roses de la saison était hérissée de
longues épines, qui retinrent la manche bleue
d'azur de Lucie. Au lieu de s'arrêter, la petite folle poursuivit ; les épines s'obstinèrent
aussi, et furent assez barbares pour se faire
sentir au bras de Lucie.

Fanny et Noémi ne virent que la blessure,
Lucie ne vit que l'accroc. Vraiment, peu lui
importait la blessure ! — Voilà donc, se dit
Lucie, le commencement de mes épreuves !
On va voir mon ignorance, on se moquera de
moi, on ne voudra pas m'aider... Ah ! certes, je ne courrai plus !

Je vous le demande, une pareille résolution pouvait-elle tenir en face de belles prai-
ries ? Un jour, c'était une partie d'âne ; le len-

demain, on allait voir les vendangeurs, on courait, on grimpait, et à travers tous ces plaisirs il se mêlait quelque événement fâcheux. Lucie ne tarda pas à découvrir qu'il n'y a pas en ce monde un buisson qui n'ait ses épines, et un cœur qui n'ait ses peines.

Madame Hervey, étant indisposée, confia à Fanny le soin de la remplacer dans le ménage. C'était la seconde fois que la fille aînée obtenait cette marque de confiance; elle en sentait tout le prix.

En temps ordinaire, Fanny, malgré ses treize ans et sa grande taille, jouait franchement, sans chercher à s'en faire accroire en prenant des airs de jeune personne, comme nos petites filles de Paris; mais, lorsqu'elle était revêtue de quelque dignité, elle devenait à la fois sérieuse et active. Fanny déclara donc à Noémi et à Lucie qu'elle renonçait pour quelques jours à leur société.

Le lendemain matin, Lucie fut fort étonnée de voir Fanny aller et venir dans la maison, annonçant de loin sa présence par le bruit d'un trousseau de clefs. La jeune personne donnait les provisions du jour aux domestiques, remettait tout en place, allait au fruitier chercher le dessert, s'enquérait de ce qui pouvait plaire à chacun, portait des ordres; en un mot, elle déploya une telle activité pendant huit jours, que le ménage n'en souffrit pas un seul instant. On entendait circuler certains mots flatteurs, comme ceux-ci : « Mademoiselle Fanny sera une bonne maîtresse; heureux les domestiques qui auront l'honneur de la servir! »

Lucie ne pouvait en croire ses yeux : tout en faisant ses gammes et ses exercices sur le piano, elle se disait, bien bas à la vérité, que Fanny était *beaucoup plus avancée* qu'elle ne l'avait d'abord supposé. — Grand Dieu! pensait Lucie, dans quel embarras je serais si pareille tâche m'était imposée! Cependant maman pourrait tomber malade : cela arrive à Paris comme en province.

L'indisposition de madame Hervey fut courte. Fanny remit les clefs à sa mère, et reprit son humeur joyeuse.

Madame Hervey fut si satisfaite du zèle que sa fille avait montré pendant cette semaine d'épreuve, qu'elle voulut lui en témoigner son contentement. Elle invita toutes les petites amies à se réunir chez elle pour jouer un drame de Berquin. On devait confectionner de jolis costumes, et faire preuve d'adresse et de bon goût. Cette proposition combla les vœux des deux sœurs. Lucie seule resta muette d'effroi. Elle avait bien apporté sa boîte à ouvrage, mais c'était par pure convenance. Que vais-je devenir? se demandait Lucie. Elle appelait cela avoir du *guignon*.

Lucie avait déjà cousu, tant bien que mal, une douzaine de boutons à ses manches, et autant d'agrafes à ses robes ; ses points de travers n'avaient sans doute pas échappé aux yeux exercés de ses amies. C'était désagréable, assurément ; mais il n'y avait pas eu d'éclat, et c'était tout ce qu'ambitionnait Lucie.

Le jour même, les invitations furent faites et acceptées ; le lendemain un essaim de jeunes filles parurent à la Guiberdière, munies de jolis paniers à ouvrage. Chacune avait son rôle à apprendre, son costume à préparer. Après avoir fait beaucoup de bruit, après avoir dit beaucoup de paroles, les ouvrières se mirent en place. L'aînée des jeunes filles, mademoiselle Laure, avait quinze ans ; elle se chargea de tailler et de distribuer l'ouvrage. Un tablier de glaneuse échut en partage à Lucie ; il n'y avait rien de plus facile, les ambitieuses gardant les difficultés pour avoir l'honneur de les vaincre.

Lucie se trouva plus embarrassée que ne

l'eût été une couturière de village pour prendre mesure à une reine.

Fanny comprit la situation délicate de son amie; avec une charité aimable, elle alla s'asseoir auprès d'elle, lui donna des conseils, et, après lui avoir laissé faire quelques points plus ou moins à propos, elle lui enleva le tablier, sous prétexte d'inventer une garniture. Tenez, Lucie, vous lisez à merveille, il n'est personne de nous qui n'entende avec plaisir le *Petit Joueur de violon*.

On applaudit à cette idée. Mademoiselle Adrienne seule sourit avec malice. Ce sourire troubla Lucie, et ce fut d'une voix tremblante qu'elle commença sa lecture. Les réflexions de Fanny permirent à Lucie de se remettre peu à peu; elle devint bientôt assez maîtresse d'elle-même pour lire avec un accent inconnu à son auditoire.

La journée étant finie, les mamans emmenèrent leurs filles, laissant l'espérance du lendemain. Lucie avait reçu une terrible leçon. Madame Delorme en avait été témoin. Elle espérait que sa fille se rendrait enfin à l'évidence, et que, reconnaissant la bonté et l'adresse de son amie, elle voudrait en profiter pour sortir de son ignorance. Fanny offrit ses services à Lucie; tout pouvait s'arranger agréablement entre elles. Soit légèreté, soit insouciance, Lucie ne voulut point profiter d'une occasion si favorable.

— Non certainement, pensait-elle, je ne vais pas troubler la joie des quelques jours que je dois passer ici par l'ennui d'un apprentissage; mais je suis résolue de m'y mettre un peu plus tard : j'en reconnais la nécessité.

Ainsi pensait Lucie, et elle croyait bien penser.

Fanny et Noémi avaient pris leur parti; d'après le conseil de leur mère, elles ne se gênaient point pour travailler. Pendant ces mo-

ments-là, Lucie jouait avec les longues oreilles d'un épagneul, tout surpris d'être choyé
et dorloté dans la semaine.

Madame Delorme résolut de laisser une
entière liberté à sa fille. D'abord Lucie trouva
charmant de ne plus entendre les mêmes ré-
primandes qu'à Paris ; puis cette indifférence
la troubla. — Mon Dieu ! se dit-elle un jour,
est-ce que maman ne veut plus s'occuper
de moi ? Pourquoi me laisse-t-elle à ne rien
faire ? Croit-elle donc que je sois une enfant
sans ressource, pour m'abandonner ainsi à
ma paresse ?

Cette pensée préoccupa beaucoup Lucie.
Le soir, elle prit sa boîte à ouvrage, et alla
s'asseoir auprès de sa mère ; de l'air le plus
confus du monde, elle lui demanda un conseil
pour tracer un feston.

Madame Delorme répondit à Lucie avec
sa douceur habituelle. Lucie aurait mieux

aimé un reproche, qui lui eût permis de s'expliquer. Il en fut autrement.

On était déjà au milieu d'octobre. Le mot *départ* n'avait pas été prononcé une seule fois. Lucie s'en inquiétait, non pas qu'elle doutât que les vacances ne touchassent à leur fin; mais il lui tardait de retourner à Paris pour mettre à exécution ses projets. Elle se réjouissait de la surprise qu'éprouverait sa mère en voyant son changement; Lucie se flattait même d'exécuter en cachette, avec le secours de sa bonne, bien entendu, quelque joli ouvrage qui ferait ouvrir de grands yeux à sa mère. Lucie aimait tendrement son père, et je crois que c'est de la meilleure foi du monde qu'elle témoigna le désir de retourner à Paris pour l'embrasser.

— Ma chère Lucie, ton impatience me charme, lui répondit sa mère, et je regrette de te faire de la peine en t'apprenant que tu n'auras pas encore le bonheur de revoir ton père. Il est décidé que nous passerons l'hiver ici. C'est un sacrifice aussi grand pour moi que pour toi, ma petite Lucie ; nous tâcherons de nous consoler toutes les deux.

En parlant ainsi, madame Delorme attira sa fille, et l'embrassa tendrement. Ce baiser brisa la digue qui retenait les larmes de Lucie ; elle pleura beaucoup, car elle avait plus d'un sujet de pleurer ; mais Lucie fit comme beaucoup de gens : elle cacha la partie honteuse de sa peine, et fit valoir les beaux sentiments qui n'étaient pas moins réels dans son cœur.

— Que veux-tu, chère enfant? disait madame Delorme en essuyant les larmes de Lucie, ton père veut qu'il en soit ainsi ; et, comme tu es raisonnable, je te dirai que nous prenons ce parti par économie. Nous avons de grandes dépenses à faire pour nos fermes de Normandie. Ces dépenses se trouveront payées avec l'argent que notre maison nous coûterait si je passais l'hiver à Paris. Comprends-tu, Lucie? D'ailleurs, ton père t'apportera des étrennes, et tu peux adoucir ton chagrin en lui envoyant une petite lettre chaque fois que je lui écrirai. Il verra tes progrès, et sera enchanté.

Lucie soupirait.

— Moi aussi, ma fille, je préférerais aller à Paris, et je ne me console qu'avec la pensée de te donner tout mon temps. Ici, les choses n'iront pas comme à la ville : je n'aurai pas de devoirs de société à remplir; je ne quitterai pas ma petite fille; pendant qu'elle apprendra ses devoirs, je travaillerai auprès d'elle; nous sortirons ensemble; tu auras des amies douces et bonnes pour partager tes jeux. Est-ce donc si triste, après tout?

Lucie caressait sa mère, elle la trouvait d'une bonté admirable; si elle eût osé lui reprocher quelque chose, c'eût été d'être trop raisonnable : s'ennuyer dans une province tout l'hiver, plutôt que d'aller au bal ! ceci dépassait l'imagination de Lucie ; et puis, pensait-elle encore, est-ce qu'on a besoin d'économiser quand on est riche ?

La tête de Lucie se remplit d'une foule de réflexions dont elle eut beaucoup de peine à supporter le poids pendant quelques jours. Heureusement que l'affection de ses amies lui vint en aide ; Fanny et Noémi dissipèrent sa mélancolie, se chargèrent de lui prouver qu'il n'y a pas un pays sur la terre où les petites filles ne puissent être gaies et contentes lorsqu'elles accomplissent la volonté de leurs parents.

Ainsi que le pensait Lucie, l'économie n'était pas l'unique motif d'une pareille détermination.

Monsieur et madame Delorme étaient effrayés de la légèreté naturelle de leur fille, de son goût naissant pour le monde, et surtout de son indifférence pour l'étude essentielle de la religion.

Au fond, Lucie était bonne. Ses parents pensèrent que le séjour de Paris, avec ses distractions et peut-être aussi l'exemple de certaines demoiselles, pouvait nuire à l'avancement de leur fille : aussitôt ils résolurent de l'éloigner de Paris.

Une fois qu'il fut arrêté qu'on passerait l'hiver à la campagne, les deux mères disposèrent tout pour les études de leurs enfants. Madame Delorme possédait des talents qui lui permirent d'être utile à Fanny et à Noémi. La journée fut divisée; chaque heure avait une occupation choisie. Les mères étaient assidues auprès de leurs enfants, et, lorsqu'elles étaient forcées de s'en éloigner, la surveillance de la classe était confiée à la plus sage des trois élèves.

Lucie était vraiment contente d'avoir des compagnes pendant ses heures d'étude, et, si on eût pu supprimer les longues soirées de travail, elle aurait eu la franchise d'a-vouer que l'absence de son père était la seule privation qu'elle éprouvât.

On est bien à la campagne, au milieu d'une nombreuse et joyeuse famille. On assiste de loin aux fêtes bruyantes de la ville, et le calme n'en devient que plus doux. On se repose de la vie ; il n'y a point de dispro-portion entre le temps et les devoirs à rem-plir ; la paix du dehors arrive jusqu'à l'âme : on ne peut pas vivre sans réflexion.

Cette solitude a ses plaisirs, plaisirs réels, quoique simples et faciles. C'est un rayon de soleil qui apporte l'espérance du printemps ; l'aumône est plus facile : on connaît mieux ses pauvres ; ils sont plus près de nous ; leurs besoins coûtent peu à satisfaire, pourvu qu'on veuille y penser ; la terre, dépouillée de ver-dure, offre encore de l'intérêt : elle cache des richesses qui viendront en leur temps ; il

n'est pas un seul jour dans la vie où la na-
ture ne se montre majestueuse, et ne rappelle la puissance de Dieu.

Pour Lucie, sa philosophie consistait à
apprécier le plaisir de pouvoir circuler dans
un vaste plain - pied pendant le mauvais
temps. Cette vie nouvelle l'enchantait; elle
sortait de son lit une heure plus tôt pour voir
les jardins couverts de neige; elle n'aurait
pas pardonné à d'autres qu'à elle et à ses
amies de poser le pied sur les belles nappes
blanches qui recouvraient les gazons.

Plusieurs fois par semaine on déjeunait
dans une serre embaumée; des oiseaux,
trompés par l'image du printemps, chan-
taient et prenaient leurs ébats. Lucie leur
disait mille jolies choses en leur distribuant
des biscuits et du millet. Bientôt rien ne
manqua au bonheur de Lucie, parce qu'elle
accepta franchement la nécessité de s'in-
struire des choses qu'elle ignorait. Je ne

vous dirai pas pourtant qu'elle voyait arriver la soirée avec plaisir; son zèle n'allait pas jusque-là, et je crois bien (peut-être n'est-ce qu'une supposition) qu'elle témoigna plus d'une fois le désir de se mettre au piano avec sa mère, pour abréger d'une demi-heure ce qu'elle appelait son supplice.

Madame Delorme et madame Hervey s'é-taient donné la tâche de terminer un meuble en tapisserie; Fanny et Noémi mettaient leurs trousseaux en ordre; Lucie s'exerçait à faire des lettres sur un gros canevas. Sa bonne volonté était sensible; sa mère lui en témoignait sa satisfaction.

Les choses allaient à merveille depuis six semaines; les enfants faisaient des progrès notables, l'harmonie était parfaite; on ne manquait pas de distractions; quelques amis venaient de la ville, on allait les chercher, on les reconduisait : toutes ces allées et venues étaient précieuses pour les jeunes filles.

Il faisait grand froid : la bonne fête de Noël exhalait déjà son parfum d'espérance :

Gloire au plus haut des cieux et paix sur la terre !

Le chrétien sent dans son cœur toute la vérité de ces paroles. L'indifférent lui-même n'est pas étranger à la joie qui est comme répandue dans l'air. Noël ! Noël ! jour de gloire et de bonheur ! *Un petit enfant nous est né*, et par lui sont effacés les crimes de la terre. Qu'il serait à plaindre celui qui ne se réjouirait pas en voyant l'aurore d'un si beau jour ! Que sont les maux et les douleurs de la vie en présence du berceau de Bethléem ? Ce divin berceau ne renferme-t-il pas un trésor qui nous fait riches et heureux ? Pécheur, que crains-tu ? Le Roi des rois quitte son trône immortel, et vient naître sous un toit ignoré, afin d'être accessible à tous les hommes, qu'il appelle ses frères.

« Ne crains pas, dit le Seigneur, c'est moi

qui te soutiens. Ne crains point, ô Jacob!
faible vermisseau, ni vous, enfants d'Israël,
qui êtes morts : c'est moi qui suis venu pour
te secourir, c'est le saint d'Israël qui est ton
Rédempteur. — Otez de devant mes yeux
la malignité de vos pensées, cessez de faire
le mal, apprenez à faire le bien ; recherchez
ce qui est juste, secourez l'opprimé, faites
justice à l'orphelin ; défendez la veuve ; et
après cela, venez, et plaignez-vous de moi.
Quand vos péchés seraient comme l'écarlate,
ils deviendraient blancs comme la neige ; et
quand ils seraient rouges comme le ver-
millon, ils seront blancs comme la laine la
plus pure. »

O délicieuses paroles! rosée céleste! vous
pénétrez l'âme et vous la vivifiez.

Avec quelle richesse d'harmonie, de pensées et de poésie, l'Eglise exprime les sentiments de ses enfants! Ce sont des gémis-
sements, des chants d'amour et d'espérance,

des avertissements sévères pour le pécheur ; puis enfin elle nous appelle à grands cris :

« Accourez, fidèles, livrez-vous aux plus vifs transports de joie. Venez, venez à Bethléem voir le Roi des anges qui vient de naître. Venez, adorons le Seigneur. »

Écoutons encore comment elle nous annonce les prodiges de cette nuit mystérieuse :

« Il est temps de mettre fin à nos soupirs ; Dieu nous exauce du haut de son trône, les cieux s'ouvrent ! la paix promise aux hommes descend sur la terre. Les concerts des esprits célestes interrompent le silence de la nuit ; ils annoncent à la terre, dans leurs cantiques, que le Dieu du ciel vient de naître au milieu de nous.

« Pendant que les bergers, pleins de joie, s'empressent de visiter la grotte sacrée du Sauveur, allons nous-mêmes lui marquer notre amour en nous prosternant devant son berceau.

« Mais quel étonnant spectacle se présente à nos yeux! Une crèche, un peu de foin, quelques langes, une mère pauvre, un enfant faible et sans voix.

« Est-ce donc vous que je vois, Fils éternel du Père, et la splendeur de sa gloire? Êtes-vous celui dont la main puissante soutient sans peine le poids de l'univers?

« Oui, Seigneur, c'est vous-même : la foi perce les voiles respectables dont vous vous couvrez; je reconnais sous ces humbles dehors celui que les anges contemplent, et qu'ils adorent avec un saint tremblement.

« Vous exercez déjà la fonction de docteur du monde, même par votre silence : votre crèche devient pour nous une chaire sacrée, d'où vous nous enseignez à éviter ce qui flatte nos sens, et à supporter les maux qu'ils ont en horreur.

« O Jésus ! dont l'abaissement devient le remède de l'orgueil et l'aliment du céleste amour, divin enfant, venez prendre naissance dans le fond de nos cœurs. »

Dans tous les pays chrétiens, Noël est une époque solennelle. Les usages et les coutumes varient, mais le caractère demeure toujours le même. C'est une joie instinctive, une joie de tradition. On dirait qu'il y a trêve de douleur et de misère pendant ces jours de grâce. La plus pauvre chaumière a sa petite fête et sa bûche de Noël. Beaucoup de gens ne voient de viande et de vin sur leur table que ce jour-là.

Les parents et les amis se réunissent pour célébrer l'heureux événement dont la bonne nouvelle a été donnée au monde entier ; l'aïeul retrouve sa voix pour chanter à son petit-fils le *noël* qu'il apprit de son père :

Noël nouvelet, Noël chantons icy ;
Dévotes gens, rendons à Dieu mercy ;
Chantons Noël pour le Roy nouvelet :
    Noël nouvelet !
    Noël chantons icy !

Quand m'éveilly et j'euz assez dormy,
Ouvris mes yeux, vis un arbre fleury
Dont il issit un bouton vermeillet :
    Noël nouvelet !
    Noël chantons icy !

Juand je le vy mon cœur fut réjouy,
Car grand'clarté resplendissant de luy,
Com'le soleil qui luit au matinet :
    Noël nouvelet !
    Noël chantons icy !

D'un oisyllon après les chants j'ouy,
Qui aux pasteurs dirent : Partez d'icy ;
En Bethléem trouverez l'aignelet :
    Noël nouvelet !
    Noël chantons icy !

En Bethléem Marie et Joseph vy ;
L'asne et le bœuf, l'enfant couché parmy.
La crèche était au lieu d'un bercelet :
    Noël nouvelet !
    Noël chantons icy !

L'estoile vint, qui le jour éclaircy,
Et là vy bien d'où j'étais départy.
En Bethléem les trois rois conduiset :
    Noël nouvelet !
    Noël chantons icy !

L'un portait l'or, et l'autre myrrhe aussy,
Et l'autre encens, qui très-bon faict seny.
De paradis semblait un jardinet :
    Noël nouvelet !
    Noël chantons icy !

Quarante jours la nourrice allaity :
Entre ses bras Siméon le rendy,
Deux tourterelles dedans au pauvret :
    Noël nouvelet !
    Noël chantons icy !

Quand Siméon le vy, fit un haut cry :
Voici mon Dieu ! mon sauveur ! Jésus-Christ !
Voici celui qui joie au peuple met :
Noël nouvelet !
Noël chantons icy !

Un prestre vint, dont je fus esbahy,
Qui les parol' hautement entendy ;
Tout les mussa dans un petit livret :
Noël nouvelet !
Noël chantons icy !

Et puis, me dit : Frère, crois-tu cecy ?
Si tu y crois, ès cieux sera ravy ;
Si tu n'y crois, d'enfer va au gibet :
Noël nouvelet !
Noël chantons icy !

L'Anjou est un bon pays, où les traditions religieuses ont été fidèlement conservées : dès leur enfance, Fanny et Noémi apprirent à aimer le grand jour de Noël ; les petites filles se réveillaient deux heures plus tôt pour voir les présents que l'Enfant-Jésus leur avait apportés pendant la nuit ; trois mois à l'avance leur mère obtenait des prodiges de sagesse en leur promettant la visite du petit Jésus, ou en les menaçant d'en être privées.

La connaissance de la vérité ne fit qu'accroître leur prédilection pour la grande fête.

Noël devint quinze jours à l'avance le sujet unique de la conversation des trois amies.

Lucie n'avait qu'une bien faible idée de cette solennité ; elle écoutait avec surprise tout ce que Noémi lui racontait : — Vois-tu, Lucie, ce jour-là est le plus grand de l'année. Personne ne travaille, il n'y a pas un paysan qui voudrait toucher à sa charrue, même pour de l'or ; et ceux qui n'ont pas de religion n'oseraient pas se montrer moins respectueux que les autres.

Tout le monde se réjouit, pauvres et riches ; c'est un bonheur à part : on se pardonne, on se félicite, et cela, parce que c'est la naissance du bon Dieu. Maman donne un beau dîner à nos domestiques ; ils sont libres de faire tout ce qu'ils veulent. Mais ce n'est pas tout, ma chère, on dit la messe de minuit dans notre chapelle. Il y a des gens qui viennent de fort loin pour y assister ; ils amènent leurs petits enfants, afin, disent-ils, de leur porter bonheur. Maman donne du pain, des vêtements et du bois à nos pauvres et à tous ceux qui viennent ici.

Oh ! la messe de minuit ! tu verras, Lucie ; on est tout extraordinaire à cette messe-là : on est content... et l'on pleure.

Nous donnons aussi de notre argent pour les pauvres ; maman dit qu'il n'est permis aux enfants d'en avoir que pour cet usage.

— Moi aussi j'ai une bourse, s'écria Lucie, et si vous le voulez nous chercherons dans

le village un petit enfant, tout petit comme
le bon Dieu ; nous donnerons de l'argent à
sa mère pour qu'elle achète de quoi l'habil-
ler bien chaudement.

— Quelle bonne idée ! s'écria Noémi en
sautant au cou de Lucie. Ah ! que tu es gen-
tille ! viens, courons chez maman lui demander sa permission.

Lucie éprouva un moment de joie et d'enthousiasme. Les trois amies coururent chez
leurs mères.

Fanny porta la parole : — Maman, Lucie vient d'avoir une idée admirable ; elle
propose que nous réunissions nos bourses
pour fournir des vêtements au plus petit et
au plus pauvre enfant en l'honneur de la
Noël ; y consentez-vous, ma bonne mère ?

— Assurément, mes chères amies ; je veux
même augmenter votre bonheur ; nous nous
réunirons pour faire la layette. Plus de classe
jusqu'à Noël ; nous travaillerons, nous lirons,

nous parlerons du bon Dieu et de la grâce qu'il nous a faite en naissant. Demain matin nous irons à Angers acheter tout ce qu'il nous faut. Honneur à Lucie, qui a eu une si bonne idée !

— Hélas ! madame, reprit tristement Lucie, votre idée est très-différente de la mienne ; je ne vois pas sans beaucoup de chagrin que je n'aurai pas ma part de la joie qui vous reviendra. Je suis si maladroite... je ne pourrai que vous regarder... Lucie n'aurait pas pu dire deux paroles de plus.

— Mon enfant, je ne pense pas comme vous ; il faut au contraire profiter d'une si bonne occasion pour apprendre à bien travailler, le petit Enfant-Jésus vous bénira. Allons, prenez courage. Fanny et Noémi dirent comme madame Hervey et promirent de diriger Lucie dans son apprentissage.

Il ne fut plus question que de trouver une

mère dépourvue du nécessaire pour son petit enfant. Ce ne fut pas chose difficile à découvrir qu'une pauvre femme qui se désole à la vue d'une misère qu'elle ne sera plus seule à supporter.

Aidées du curé de la paroisse de Trélazé, ces dames parvinrent à découvrir un jeune ménage dans une misère complète. Le mari était vigneron. Il avait habituellement des journées ; mais son père et sa mère, vieux et paralysés, vivaient avec lui ; de sorte que ce qui aurait suffi pour Jean et sa femme Thérèse fournissait à peine le nécessaire à chacun. Thérèse était active et courageuse ; l'été elle travaillait aux jardins, et filait pendant l'hiver, quelquefois bien avant dans la nuit, à la lueur vacillante d'une résine grossière. Ces braves gens s'aimaient et se trouvaient heureux dans leur misère ; leur discrétion et leur courage avaient longtemps laissé ignorer leur triste position. Thérèse, si réservée, si dure pour elle-même, changea de sentiment en voyant son premier né ; sa maison, mal construite, lui parut tout à coup un séjour détestable ; elle s'étonnait de ne s'être pas aperçue que la porte et les fenêtres joignaient mal ; le vent, qui menaçait sa cabane, la faisait frémir ; elle prenait son enfant dans ses bras, l'enveloppait de quelques lambeaux de vêtements, et le pressait contre son sein pour le réchauffer ; de temps en temps la jeune femme jetait dans une cheminée immense un petit fagot de sarment, dont la flamme petillante la ranimait ainsi que son petit enfant.

Il y avait seulement quinze jours que ce nouvel hôte était venu habiter cette pauvre chaumière. La neige couvrait la terre comme un vaste linceul ; le vent du nord soufflait ; le jardin était devenu stérile, les journées étaient rares ; chacun retranchait quelque chose de sa nourriture en songeant au len-

demain. On n'entendait point de plaintes;
seulement les plus discrets ne savaient pas
toujours retenir un soupir déchirant. Malgré
tant de souffrances, la paix régnait dans
leurs âmes, et c'est avec une foi sincère
qu'ils demandaient chaque jour le pain
quotidien.

Un dimanche, après la messe, la famille
était réunie autour du foyer, un peu plus
ardent, à cause de la solennité du jour. Tandis qu'ils étaient à calculer leurs moyens
d'existence pour la semaine, madame Hervey, son amie et leurs trois enfants se diri-
geaient vers la chaumière située à l'extré-
mité de Trélazé; les petites filles couraient
en avant et revenaient vers leurs mères avec
des visages frais et joyeux, faisant le plus
de chemin possible dans la neige, mille
fois préférée au tapis d'Aubusson le plus
épais.

La chaumière de Thérèse était isolée et de

si triste apparence, que, sans la fumée qui s'échappait au-dessus du toit, on ne l'eût point crue habitée.

Les visites étaient rares chez ces bonnes gens; lorsqu'on frappa à la porte, Thérèse y courut, croyant avoir à répondre à quelque passant; lorsqu'elle s'entendit nommer, sa surprise fut au comble. Cependant elle aida ces dames à secouer leurs manteaux couverts de neige, les pria d'entrer, réunit tout ce qu'il y avait de siéges dans la maison, et mit une bourrée au feu, sans calculer les conséquences d'une pareille libéralité. Jamais un cercle semblable n'avait honoré la chaumière de Jean; les petites filles se félicitaient d'avoir un si bon feu. Tout en se chauffant et en disant de douces paroles à leurs hôtes, elles fixaient le berceau qui renfermait leurs espérances. Le petit cria, sa mère courut au berceau. Les trois amies se regardèrent et semblaient dire : *Tu ne crie-*

Visite à la Chaumière.

ras bientôt plus. Je ne doute pas que telle ne fût leur pensée.

Il était temps que madame Hervey expliquât le motif de sa visite. — Je viens, dit-elle enfin à Thérèse, vous demander un service, une faveur même...

À un pareil début, Thérèse ne put s'empêcher de lever les épaules. Sur quoi, Jean lui ayant fait de grands yeux, elle répondit :

— A votre service, mes chères dames.

— Eh bien! Thérèse, vous avez un petit enfant, n'est-ce pas?

— Oui, madame, et encore si gentil, que je ne le donnerais pas pour le village de Trélazé tout entier, avec le blé qu'il y a dedans. Elle écarta une espèce de rideau qui abritait le berceau, et contemplant son enfant : — Cher petit ange, dors, va...

— Je ne viens pas pour vous demander un pareil sacrifice; rassurez-vous. Voici ce qui m'amène ici : mes filles, que vous voyez, et leur amie, voudraient, en l'honneur de l'Enfant-Jésus, dont nous allons célébrer la naissance, faire présent d'une bonne layette à un enfant nouveau-né; elles feront elles-mêmes cette layette, et conserveront toute leur vie de la tendresse pour le petit enfant qu'elles vont adopter. J'ai appris qu'il n'était pas encore baptisé. Si vous le voulez, ma fille aînée sera marraine avec un de mes parents que j'attends. On le nommera Emmanuel...

— Sainte Vierge! s'écria Thérèse, quelle faveur, madame! Vraiment, je ne sais plus où j'en suis. Nous sommes si pauvres, que mon enfant est dépourvu de langes. Ce matin, pendant la messe, j'ai eu l'idée de couper le déshabillé que vous me voyez pour envelopper ce cher petit. Quelle bonté! Mes chères demoiselles, excusez, on ne peut pas s'empêcher de pleurer un peu quand il vous arrive des choses comme ça. Bonté divine! voilà-t-il un événement extraordinaire!

Le père et la mère de Thérèse ne témoignèrent pas moins de joie et de reconnaissance que leur fille. Jean balbutia quelques mots, et pour se remettre il alla dehors chercher une bourrée, qu'il jeta encore au feu malgré les instances réunies.

Madame Delorme et son amie firent causer ces bonnes gens; elles écoutaient avec charité leurs récits pleins d'intérêt; le petit s'était réveillé. Sa mère le prit et le montra dans toute sa pauvreté; puis elle lui raconta le bonheur qui lui advenait, comme s'il eût pu l'entendre. Les jeunes filles entouraient le poupon. Lucie s'extasiait en voyant ses petites mains et ses petits pieds; elle aurait bien voulu qu'on l'emportât, ne fût-ce que pour quelques jours.

Rien ne peut exprimer la joie de ces cœurs : on ne peut dire si celui qui reçoit est plus heureux que celui qui donne. Il fut convenu que, la veille de Noël, Thérèse et son mari viendraient à la Guiberdière chercher la layette ; on habillerait le petit enfant, et ce jour-là même il serait baptisé ; il y aurait encore fête au château et à la chaumière.

On allait se retirer lorsque Fanny, qui avait peu parlé jusque-là, prit la parole : — Ma bonne Thérèse, ayez bien soin de notre petit enfant, il est à nous trois, nous vous prenons pour nourrice, et chaque mois vous serez payée exactement avec l'argent de notre bourse ; surtout que rien ne manque à Emmanuel. Nous viendrons le voir souvent. Adieu.

Thérèse se désolait de voir partir ces dames ; elle s'effrayait du mauvais chemin et de sa longueur. Thérèse ignorait que rien n'ajoute à la joie de faire une bonne action comme la peine et les difficultés que l'on y rencontre.

La jeune femme resta sur sa porte jusqu'à

ce qu'elle eut perdu de vue la charitable famille qui venait de réjouir et d'honorer sa
chaumière.

Je ne vous surprendrai guère en vous disant que la conversation ne tarit pas, et que
chacun donna son avis sur l'événement du
jour. — Mon Dieu! disait le vieillard, bé-
nissez le riche qui vient visiter le pauvre dé-
laissé! Thérèse soupirait, racontait sa surprise en ouvrant la porte, la bonne espérance qu'elle avait eue tout de suite.

— Mais enfin, reprit Jean à son tour,
comment se fait-il que ces dames soient venues nous trouver? Nous sommes loin du
château; il ne manque pas de pauvres gens
autour d'elles... il y a quelque chose là-
dessous. Thérèse, qu'en penses-tu? Thérèse
baissa les yeux, puis, les levant timidement,
regarda Jean d'un air suppliant et tendre :

— Mon mari, ne te fâche pas, je vais te dire
la vérité : l'autre jour j'étais désolée de te

voir sans ouvrage; mon pauvre enfant criait bien fort; nos provisions diminuaient... Alors je n'y ai plus tenu...

— Eh bien?

— Eh bien! je me suis dit : On meurt quelquefois faute de parler. J'irai trouver M. le curé, je lui dirai notre position; je lui demanderai de procurer de l'ouvrage à Jean chez lui ou ailleurs. Je suis donc partie résolue de ne rien cacher à notre curé. Mais, à mesure que j'avançais, je sentais mon courage diminuer. Mon bon ange me disait : — Va, Thérèse, ne crains rien, aie courage, je suis avec toi. Le démon, au contraire, voulait m'empêcher de continuer mon chemin, en me donnant des pensées d'orgueil; il me faisait honte de ma misère, et voulait me persuader qu'il vaut mieux souffrir que d'implorer la charité de son curé. Quand je pense que j'ai été sur le point de me laisser aller à tous ces sentiments d'orgueil, j'en rougis de honte. Enfin, mon bon ange l'a emporté : j'ai tout dit à M. le curé, tout, jusqu'à mon hésitation.. Il m'a bien reçue, bien consolée, et m'a fait un sermon que je n'oublierai jamais : — Thérèse, m'a-t-il dit, si nous étions bons chrétiens, nous ne serions pas si glorieux de nos richesses, ni si humiliés de notre misère. Dieu a été pauvre, Thérèse; votre enfant est venu au monde dans un temps de grâce; espérez donc, Dieu sait ce qui vous manque, il y pourvoira. — Je ne me souviens pas de tout ce qu'il a dit encore. Mais c'était si beau, si touchant, que j'en ai pleuré d'attendrissement. Maintenant, je crois bien que c'est lui qui nous a recommandés à ces bonnes dames... Mon mari, pardonne-moi : j'ai eu tort de ne pas te consulter, j'en conviens... J'avais bonne intention, je t'assure.

— Ce n'est vraiment pas difficile de te pardonner, ma chère femme. Il faut que je t'avoue que moi aussi j'ai eu la pensée d'aller trouver notre curé ; mais je n'ai pas été aussi docile que toi. J'ai rougi de ma pauvreté ; il me semblait que, lorsque nous aurions reçu quelques secours, tout le monde nous regarderait à la grand'messe, le dimanche d'après. Décidément les hommes ont moins de courage que les femmes. — Thérèse n'eut pas la modestie de dire le contraire.

La journée fut courte : ils étaient heureux. Le soir, mille actions de grâces s'échappèrent comme d'un seul cœur. Les bénédictions de Dieu furent appelées sur les mères qui apprennent à leurs enfants à aimer les pauvres et à les consoler.

Le souvenir de la chaumière entretint dans l'âme de nos jeunes amies une douce joie. Il n'y eut plus d'autre sujet de conversation possible : — Comme ces pauvres gens ont été agréablement surpris ! disait Noémi.

Et nous, comme nous étions heureuses de
les surprendre! Certainement il n'y a pas
une partie de plaisir, que dis-je? toutes les
parties de plaisir du monde entier ne don-
neraient pas le quart du bonheur que nous
ressentons. Je voudrais déjà être à demain
pour travailler. Pauvre petit, comme il aura
chaud dans ce bon molleton de laine! Il me
semble déjà le voir. Ma sœur Fanny, tu
n'auras pas la peine de me dire, comme il
arrive quelquefois : — Allons, Noémi, fais
attention, ne perds pas ton temps : oh! non,
l'idée que notre petit Emmanuel attend après
sa layette me stimulera.

Les plaisirs de la journée furent les mêmes
que ceux des autres jours. Cependant les
jeunes filles y prirent peu d'intérêt, tant il
leur tardait d'être au lendemain.

Lucie sentait son infériorité. Elle en gé-
missait tout bas. Une fois, elle fit promettre
à Fanny de lui laisser faire quelque petite

chose pour Emmanuel. — Je m'appliquerai bien, disait Lucie; tu verras, ma chère Fanny... Ah! je donnerais tout ce que je possède pour savoir travailler comme toi.

Le lendemain, avant le déjeuner, madame Delorme et madame Hervey préparèrent de l'ouvrage pour les ouvrières impatientes. Fanny, sous la direction de sa mère, essaya aussi quelques coupes dont le succès lui valut des éloges.

Il fallut l'autorité des mamans pour obtenir de leurs filles qu'elles prissent leur récréation d'usage. C'était un zèle, une ardeur capables de donner des inquiétudes.

Enfin, le moment désiré est arrivé : les mères et les enfants entourent une table sur laquelle est disposée avec ordre la tâche du jour. Lucie se sentait bien petite à côté de ses amies. Elle avait enfilé son aiguille, mis à son doigt un joli dé d'argent tout neuf, et, ainsi armée, elle attendait, non sans crainte, la tâche qui allait lui advenir. Madame Delorme traça un ourlet, le commença et le remit à Lucie, lui recommandant d'imiter le modèle. Lucie travailla une heure de suite, ne s'interrompant que pour demander un conseil ou un encouragement; elle défaisait ce qu'elle avait fait lorsque sa mère l'exigeait, sans murmurer, sans pleurer comme autrefois. Lucie ne se plaignait pas lorsque son aiguille, mal dirigée, transperçait la toile et arrivait jusqu'à la peau si tendre de son doigt; elle était fière des blessures qui attestaient sa qualité d'ouvrière. La petite fille était rouge comme au sortir d'une partie de barres ou de colin-maillard. Sa mère, touchée de sa bonne volonté, l'invita à aller au piano. C'était un sacrifice que madame Delorme demandait à Lucie; mais elle savait combien son père aimait la musique, et l'intérêt qu'il prendrait à l'écouter.

Lucie devina toute la délicatesse d'une

pareille exigence. Elle redoubla de soins pendant son étude, et se promit de ne rien négliger pour satisfaire une mère aussi bonne que la sienne.

Le premier béguin sorti des mains de Noémi excita un enthousiasme général. La jeune fille coiffa son poing et promena son œuvre en triomphe. Fanny était à la hauteur des objets les plus difficiles, ce qui lui donnait une importance bien faite, assurément, pour la dédommager de ses soins et de ses peines.

Ces heures de travail rappelaient à madame Hervey et à madame Delorme leurs premières joies maternelles.

Pendant quinze jours l'ardeur des ouvrières ne se démentit pas un seul instant. Lucie tint parole : rien ne put la décourager. Sa mère, toujours bonne, lui accorda la faveur de placer quelques points dans un ouvrage difficile.

De pieux récits animaient encore le zèle des jeunes filles; elles ajoutaient naïvement leurs réflexions à celles de leurs mères : leur foi et leur amour suppléaient à tout ce qui leur manquait pour parler du mystère adorable qu'elles honoraient dans la pauvreté d'un petit enfant.

Madame Hervey augmenta l'intérêt des jeunes filles en leur racontant quelques usages de cette fête particuliers à certains pays.

— J'avais l'âge de Noémi lorsque j'accompagnai ma mère en Pologne, et je me souviendrai toujours de ce que j'ai vu à l'occasion de Noël.

Les parents et les amis se réunissent : tandis qu'à Pâques la maison est ouverte à tous, ce jour-là une invitation est une marque d'honneur et d'affection.

Après un jeûne qui dure jusqu'au moment où brille la première étoile, on sert un repas modeste; les mets sont préparés sans beurre, toutes recherches et toutes friandises sont exclues de la table; un lit de foin est placé sous la nappe, pour rappeler la pauvreté de Bethléem; il y a aux quatre coins de la salle des gerbes de froment.

Le repas étant achevé, la maîtresse de la maison prend un pain sans levain et le rompt par ordre successif d'âge et de dignité avec toutes les personnes de la maison, depuis le prince assis à côté d'elle jusqu'au dernier de ses serviteurs, qu'elle va trouver.

C'est ainsi que, sous la forme la plus simple, la religion se montre comme le symbole de l'amour et de la charité.

En Allemagne, c'est surtout une fête populaire à laquelle se rattachent des sentiments religieux.

Huit jours avant Noël a lieu un marché où il ne se vend que des crèches, de petits moutons dorés, des bergers, des noix d'argent et des arbres, qu'on appelle arbres de

L'Arbre de Noël.

Jésus-Christ. Vous allez voir pourquoi tous les artisans ont chez eux de ces crèches, qu'ils ornent et embellissent de leur mieux, suivant leurs moyens, et peut-être aussi leur dévotion.

Les enfants vont visiter ces maisons et y laissent une aumône.

Mais ce qui est plus beau que tout cela, c'est l'*arbre* de Jésus-Christ.

Dans chaque famille comme la nôtre, il y a un arbre de Jésus-Christ. La veille de Noël, les parents et les amis se réunissent; on éloigne tous les enfants. Les mères sont renfermées dans une pièce où est l'arbre; elles attachent à chaque branche une petite bougie et suspendent les présents qu'elles destinent à leurs enfants; lorsque tout est prêt, on les rappelle, et vous pouvez facilement juger de la joie que fait éprouver la vue d'un si bel arbre! Lorsque l'admiration est épuisée, les mères détachent les présents, et les distribuent. C'est le véritable jour de l'an en Allemagne. Les domestiques étant seulement payés à cette époque, on place leurs gages sous l'arbre de Jésus-Christ; ils reçoivent aussi des cadeaux.

En Angleterre, chez les protestants, c'est aussi une grande fête. Toute affaire est suspendue : on se pourvoit la veille des provisions nécessaires; les temples et les maisons sont décorés avec des branches de houx et de gui; on jette sur ces dernières de la farine, pour imiter la neige et rappeler la saison rigoureuse dans laquelle notre Sauveur est venu au monde.

Il y a comme partout des fêtes de famille.

Noémi aimait le bon Dieu de tout son cœur, elle remarqua avec beaucoup de peine qu'en France seulement on ne faisait rien d'extraordinaire ce jour-là.

Sa mère la consola en lui apprenant que,

dans les pays où les démonstrations de ré-
jouissance étaient si grandes, il n'y avait
point la messe de minuit, qui est la véritable fête des catholiques.

Les jeunes filles enviaient le bel arbre de
Jésus-Christ, on en parla longtemps ; mais,
comme il faut toujours finir par se consoler,
elles se disaient que peut-être aussi les jeunes
filles d'Allemagne n'avaient pas le bonheur
d'avoir fait une layette à un petit Emmanuel.

— Assurément, ajouta Noémi, le bon Dieu
doit être bien content de notre bonne idée.

La layette étant achevée, on l'étala pour
l'admirer. Madame Hervey témoigna toute
sa satisfaction à Fanny et à Noémi, puis elle
ajouta : — Ce n'est cependant pas vous, mes
chères enfants, qui méritez le plus d'éloges :
en travaillant pour Emmanuel, vous avez
satisfait votre bon cœur et votre goût. Mais
que dirai-je de Lucie? elle a mis de côté
toutes ses répugnances pour ce genre d'oc-

cupation ; elle n'a pas craint de laisser voir son ignorance. Plus d'une fois Lucie a été sur le point de se décourager, de renoncer à une entreprise au-dessus de ses forces ; le désir d'être agréable à Dieu en s'humiliant, l'espérance de plaire à sa mère, lui ont fait supporter l'épreuve la plus difficile qu'elle ait rencontrée jusqu'ici. Lucie, mon enfant, ai-je dit vrai ?

Lucie ne répondit pas. Elle était à la fois joyeuse et embarrassée en voyant mettre au jour ses pensées. Les caresses de sa mère donnèrent un libre cours à ses larmes. Lucie était douée d'une grande sincérité ; aussitôt qu'il lui fut possible de parler, elle assura madame Hervey qu'elle avait parfaitement deviné ce qui s'était passé dans son cœur.

— Je veux tout vous dire, ajouta la bonne Lucie : quand j'ai su que je venais en Anjou sans ma bonne, j'aurais renoncé au voyage, tant j'étais effrayée en songeant à ce qui m'attendait; et, lorsque j'ai appris que nous devions passer l'hiver ici, j'en ai été au désespoir, l'absence de papa n'a été qu'un prétexte pour bien pleurer... et puis... je veux encore dire cela : je m'étais imaginée qu'une Parisienne devait avoir de grands avantages sur des jeunes filles élevées en province, je me réjouissais des succès qui m'attendaient ici. De beaux succès! dit Lucie en éclatant de rire au milieu d'une ondée de larmes; vraiment, je dois être bien fière! Mes idées sont changées, bien changées; je reconnais que Fanny et Noémi savent tout ce que je sais et tout ce que je ne sais pas. Je suis corrigée, maman, et je demande en grâce qu'on me pardonne ma folie.

Vingt-cinq baisers environ ratifièrent cette grâce, si justement accordée; il n'y a rien de plus touchant, de plus élevé et de plus agréable que l'aveu d'une faute.

— J'étais bien sûre, ma chère Lucie, reprit madame Delorme, qu'en t'amenant ici tu te convaincrais par toi-même des vérités que je m'efforçais de te faire comprendre. Depuis quelque temps j'avais remarqué en toi certains petits airs d'importance qui me déplaisaient fort. Fanny et Noémi ont été le remède que j'ai imaginé pour te guérir. Suis-je un mauvais médecin?

— Ah! maman! quel tour vous m'avez joué là!

— Vraiment, Lucie, ce n'est pas le dernier : rien ne me coûtera pour inspirer à ma fille l'amour de ses devoirs, pour la corriger de ses défauts. Une mère, Lucie, n'aime pas seulement son enfant pour sa propre satisfaction, elle l'aime pour Dieu. Je n'aurais pas toujours la force de te gronder, de te contrarier, sans le secours de cette noble pensée : *L'âme de ma fille est à Dieu.* Quant à tes idées sur la province, ce sont celles de beaucoup de petites filles de ma connaissance. Apprends de bonne heure, ma fille, qu'une femme chrétienne est partout la même. En tout pays elle adore Dieu, secourt les pauvres et gouverne sa maison. Nous ignorons où il plaira à la Providence de nous placer ; il faut donc que nous soyons prêts à tout.

Rien ne sied à une femme comme l'ouvrage à l'aiguille. Tu ne tarderas pas à découvrir que c'est une de nos plus douces occupations. N'as-tu pas envié mille fois l'adresse de tes amies ?

— Ah ! c'est bien vrai. J'enviais leur bonheur. Je comprends maintenant toutes vos raisons ; jamais je n'oublierai mon séjour à la Guiberdière.

Madame Delorme ayant fini son petit sermon, il ne fut plus possible de contenir les jeunes filles. Un domestique alla en grande hâte chez Thérèse lui dire de se rendre au plus tôt à la Guiberdière avec son poupon.

— Surtout, ajouta Noémi, recommandez-lui de bien le garantir du froid.

Pendant l'absence du domestique, les trois amies ne quittèrent pas la fenêtre. Tout était long pour leur impatience. Elles regrettaient de n'avoir pas été à Trélazé pour adoucir cette attente; le domestique, réputé diligent, était accusé cette fois-ci de lenteur et de négligence; on fit son procès pendant trois quarts d'heure; mais, aussitôt qu'on l'aperçut avec Therèse et son petit, il fut proclamé le plus brave homme du monde. Quelles têtes!

Thérèse ôta ses sabots en entrant. La pauvre femme était tremblante de joie. Quand elle vit la jolie layette prête à emporter, elle faillit tomber aux genoux de ses bienfaitrices. Elle embrassait son enfant au commencement et à la fin de chacune de ses phrases; elle répétait toujours la même chose et avec la même éloquence, je vous assure.

L'épaisseur du molleton l'enchantait, elle ne pouvait s'empêcher d'y toucher et de s'extasier. Enfin on fit une jolie toilette à Emmanuel. Les jeunes filles étaient au comble du bonheur. Chacune prit dans ses bras le poupon et fit le tour de la chambre en lui chantant un air. Le petit se prêta à ce manége, il ne cria point, et s'acquit par sa bonne humeur l'estime et l'affection de ses protectrices.

Madame Hervey fit servir à dîner à Thérèse. Il fut convenu que deux jours plus tard le baptême serait célébré, ce qui arriva effectivement. Il y eut grand carillon à la paroisse, grand régal à la chaumière et grande joie au château.

Un bonheur attendait encore Lucie : cette messe de minuit tant désirée allait enfin arriver. La journée entière ne fut pas de trop pour disposer et orner la chapelle convenablement. Toutes les richesses de la serre

7.

étaient placées avec goût sur l'autel; d'antiques candélabres de famille portaient un nombre infini de bougies; une belle nappe brodée par Fanny et par sa mère recouvrait l'autel pour la première fois. Tout, dans les plus petits détails, annonçait une solennité.

A leur grande satisfaction, les trois amies remplirent l'office de sacristines, et s'en acquittèrent à merveille.

Lucie ne se sentait pas d'aise. — Certes, disait-elle, je ne m'endormirai pas ce soir. Je saurai veiller, et maman se convaincra enfin que je ne suis plus une enfant qu'on doit envoyer coucher à neuf heures.

Lucie n'avait pas prévu que cette soirée ne ressemblerait pas aux autres. Madame Hervey et son amie étaient recueillies; de temps en temps le silence était interrompu par une réflexion pieuse. Fanny et Noémi imitaient leur mère. Lucie prit aussi un livre et lut attentivement; une demi-heure était à peine écoulée, les yeux de la petite fille se fermèrent, et le livre tomba de ses mains.

Cependant la cloche appelait depuis longtemps les serviteurs de Dieu ; la chapelle se remplissait successivement ; minuit allait sonner lorsque enfin madame Delorme réveilla sa fille. Lucie éprouva quelque confusion, et reprit bien vite sa bonne humeur.

En entrant dans la chapelle, le vif éclat des lumières multipliées acheva de remettre Lucie ; l'enceinte était occupée par des paysans riches et pauvres, la plupart venus de loin. Lorsque les dames du château et leurs enfants se rendirent à leurs places réservées, tous se levèrent en témoignage de respect.

Lucie n'en revenait pas d'être éveillée à pareille heure. Cette solennité mystérieuse fit sur son âme une impression nouvelle ; à son maintien, à sa ferveur même, on n'eût point soupçonné une enfant étourdie de douze ans. *Le bon Dieu va naître,* se disait Lucie : c'était toute sa méditation.

Les sons d'un orgue se firent entendre. C'étaient de pieux et antiques noëls, connus et aimés de tous ceux qui étaient là.

En voyant sa mère placée devant l'orgue, Lucie se sentit profondément émue ; son cœur bien disposé se dilata ; sa pensée s'élevait jusqu'à Dieu et descendait vers sa mère. — Seigneur, disait Lucie, je vous adore dans la crèche de Bethléem. Je suis une enfant, exaucez ma prière ; rendez-moi obéissante, laborieuse et douce. Que je fasse le bonheur de mes parents comme vous avez fait celui des vôtres lorsque vous étiez sur la terre ! Bon Jésus, ne refusez rien cette nuit à la pauvre petite Lucie, qui veut vous aimer et vous servir toute sa vie ! Et puis Lucie ne trouva plus rien à dire au bon Dieu. Ses larmes coulaient sans qu'elle cherchât à en arrêter le cours.

La Messe de Minuit.

Chaque année la piété et la charité de madame Hervey attiraient un nombreux concours de pauvres et de fidèles à cette solennité.

Lorsque le mystère du Calvaire eut été accompli trois fois, les pauvres se réunirent dans le vestibule pour y attendre l'aumône accoutumée de cette nuit-là. Du pain, des vêtements, des couvertures furent distribués suivant les besoins de chacun. Les infirmes recevaient à domicile ce qu'ils n'avaient pu venir chercher. C'était une nuit de bénédiction.

Lucie n'avait rien vu de semblable à Paris. Combien elle savait gré à sa mère de l'avoir éveillée! En voyant ses amies recevoir les remercîments et les bénédictions des pauvres, elle enviait leur bonheur. — C'est juste, disait Lucie; elles sont bonnes, elles travaillent pour les malheureux, voilà pourquoi on les aime.

Madame Delorme, craignant que cette

première veille ne fatiguât sa fille, regagna bien vite ses appartements. Mais Lucie n'éprouvait nullement le besoin de se reposer; au contraire, il était évident qu'elle cherchait à prolonger la veille en multipliant ses soins et ses attentions. Sa mère lui demanda comment elle avait trouvé la messe de minuit. C'est à peine si Lucie répondit. Madame Delorme, ne se rendant pas compte d'un pareil phénomène, remit la conversation au lendemain.

Tout à coup Lucie tombe aux genoux de sa mère : — Quelle bonne idée, maman, vous avez eue de me mener à la messe de minuit! Je suis tout à fait changée. Ah! c'est que j'ai bien prié le bon Dieu. Il me semblait le voir tout petit comme Emmanuel, et cela m'encourageait. Ah! je ne résisterai plus jamais à votre volonté!... et j'ai cru entendre notre Seigneur qui me disait : Ma petite Lucie, promets-moi cette nuit d'être obéissante toute ta vie. Vraiment, j'ai cru l'entendre parler; et cela m'a fait tant pleurer, tant pleurer, que je ne pouvais rien dire. Et Lucie recommença. Madame Delorme bénissait Dieu et pressait sa fille sur son cœur.

— Maman, dit Lucie toute préoccupée, est-ce qu'il se peut vraiment que le bon Dieu m'ait parlé?

— Certainement, ma fille, n'en doute pas, il nous parle sans cesse; mais nous ne l'écoutons pas toujours. C'est dans le recueillement de la prière que sa voix se fait entendre. Cette voix n'est pas comme la voix des hommes : celle-ci frappe les oreilles, celle de Dieu touche le cœur. Tu ne t'es pas trompée, Lucie. Si tu le veux, notre Seigneur te parlera souvent, et si tu fais ce qu'il te dit, tu seras heureuse sur la terre et dans le ciel.

Écoute-moi, ma fille : dans cette nuit, Dieu fait de grandes grâces à tous les hommes. Il naît pour nous empêcher de mourir, c'est-à-dire que, s'il n'était pas venu sur la terre souffrir pour expier nos péchés, nous eussions été privés de la vie bienheureuse qui nous attend après celle-ci. Plus tard tu sentiras tout ce qu'il y a de grand et de sublime dans ce mystérieux sacrifice. Mais, Lucie, il n'est pas nécessaire d'avoir toute ta raison pour aimer Dieu et être reconnaissante : ton cœur suffit. Aussitôt que tu as distingué ta mère, tu l'as préférée, parce qu'on t'a dit que tous ses soins et ses pensées t'appartenaient. Cette mère, Lucie, c'est Dieu qui te l'a donnée; cette belle campagne, que tu aimes tant, c'est encore lui. Lui, toujours lui, ma fille, et les biens qu'il nous promet dépassent notre imagination; nos regards ne peuvent atteindre si haut.

Puisque le bon Dieu t'a parlé, ma fille

chérie, il faut profiter d'une si grande grâce ;
purifie ton cœur, c'est-à-dire deviens pieuse,
douce, charitable, *modeste*, entends-tu, Lucie? L'orgueil nous sépare de Dieu. D'ailleurs, mon enfant, de quoi peux-tu être orgueilleuse? Est-ce de tes bonnes dispositions? Celui qui te les a données peut te les
ôter. Sois reconnaissante de ses dons, et,
lorsque tu obtiens un succès, dis au bon
Dieu : *Ce n'est pas moi, Seigneur, qui ai fait
cela, c'est vous.*

Serais-tu vaine de notre fortune et de
notre rang dans le monde? N'entends-tu
donc pas à chaque instant dire : Telle famille est ruinée ; le père, qui occupait un
poste éminent, est mort ; ses pauvres enfants
sont dispersés et soutenus par la charité de
ses anciens amis? Mais à quoi bon tous ces
raisonnements? Tu viens de voir Jésus dans
la crèche de Bethléem ; apparemment que si
Dieu l'avait voulu, il aurait pu naître au

milieu de la splendeur et de l'éclat. Me comprends-tu, Lucie?

— Parfaitement... Comme vous me connaissez bien, maman!...

— Cependant ma connaissance est fort bornée. Songe que tes pensées les plus secrètes sont toutes connues de Dieu.

— Mais, maman, reprit Lucie, quand j'entendrai dire que vous êtes un ange, qu'il n'y a pas une femme aussi bonne et aussi charitable que vous, comment ferai-je pour ne pas être un peu orgueilleuse?...

— Lucie, quand tu entendras parler ainsi de ta mère, tu prieras Dieu pour elle...

Ces premières impressions religieuses avaient sensiblement agité Lucie; elle embrassa sa mère, et alla se coucher : Lucie joignit ses petites mains et s'endormit en murmurant les noms de Jésus et de Marie.

Huit jours devaient encore s'écouler avant la cérémonie du baptême. C'était bien long pour la marraine, et surtout pour Lucie!

Vous saurez que notre petite Parisienne trouvait fort peu généreux à son amie de ne pas lui avoir cédé ses droits et ses titres en pareille circonstance. Les préparatifs ne firent qu'accroître ses regrets; et enfin, dans un de ces moments d'abandon comme les petites filles en ont, Lucie fit entendre à sa mère combien elle aurait été flattée qu'on lui eût laissé l'honneur d'être la marraine d'Emmanuel.

— Fanny l'a pensé, mon enfant, répondit madame Delorme; elle t'aurait volontiers laissé ce plaisir, c'est moi qui m'y suis opposée.

— Vous, maman! et pourquoi donc? Je ne comprends pas quelle a pu être votre raison pour me priver d'un si grand plaisir. Certes j'aurais bien su répondre convenablement à l'église, et, quant aux bonbons, je crois que j'ai tout aussi bon cœur que

Fanny, et je n'aurais certes pas été embarrassée pour en faire la distribution. — Lucie était fort rouge.

— Mon enfant, ceci n'est point une affaire de dragées seulement, comme tu sem-
bles le croire. Je n'ai pas voulu que tu fusses
marraine avant d'être assez raisonnable pour
en connaître les devoirs, et ton dépit me
prouve que je n'ai pas eu si grand tort.
Lucie, sais-tu ce que c'est qu'une marraine?

— Je croyais le savoir, maman; mais
vous prenez un air si sérieux, que je suis
tentée de croire que cette fois encore vous
allez m'apprendre quelque chose que j'i-
gnore.

— Avant tout, chère enfant, conviens
avec moi que ton amour-propre a été blessé
de ne point être choisie pour figurer dans
la cérémonie du baptême. Peut-être aussi
la robe et le bouquet de Fanny ont-ils excité
ton envie.... Enfin, Lucie, ces belles boîtes

de bonbons attachées avec des rubans bleus...

— Oui, maman, c'est vrai, je conviens que je voudrais être à la place de Fanny. Ah! que je serais heureuse! C'est donc bien difficile, maman, d'être marraine?

— Beaucoup plus que tu ne penses, Lucie; il est vrai que la plupart des parrains et des marraines s'acquittent fort mal de leurs devoirs; quelques-uns les faisant seulement consister dans les poupées et les bonbons du jour de l'an, le plus souvent ils ne réclament leurs droits que pour nuire par une vaine complaisance aux enfants de leur adoption.

Une marraine, Lucie, c'est une mère en Dieu que l'Église reconnaît à l'enfant qui vient de naître. Comme il n'y a rien de plus malheureux qu'un enfant sans mère, elle a voulu lui en assurer une seconde, afin qu'il ne manquât point de l'instruction nécessaire pour sauver son âme.

La marraine n'est souvent qu'une amie; mais il y a des circonstances où elle se revêt de toute la dignité d'une mère. Elle a répondu devant Dieu de l'enfant qu'elle a adopté; et, au jour de l'adversité, elle lui doit les conseils et les larmes de la mère qui n'est plus.

Sans doute il n'y a pas toujours nécessité de remplir ces devoirs; mais je crois que, pour y être fidèle plus tard, il faut s'en convaincre d'avance. Fanny comprend mieux que toi la tâche qu'elle accepte; par ses soins Emmanuel sera vêtu, instruit et dirigé; car, malgré la présence de Jean et de Thérèse, il est évident que la protection de Fanny sera indispensable à son filleul.

— Je vous assure, maman, que je n'avais jamais réfléchi à tout cela.

— Je le crois bien, mon enfant; il y a même fort peu de gens qui connaissent l'importance des devoirs qu'exige un pareil titre, et les parents choisissent très-légèrement les parrains et les marraines qu'ils donnent à leurs enfants. Ordinairement on réserve cette marque de déférence pour les amis riches, ne s'inquiétant que des avantages temporels qui peuvent en résulter, et presque toujours ces calculs sont faux.

Lucie avait grande confiance dans sa mère ; une réflexion sérieuse, mise à la portée de son esprit, n'était pas sans effet ; mais le lendemain elle retrouva ses regrets aussi vifs.

Emmanuel étant apporté au château, on se réunit pour se rendre avec une certaine solennité à la paroisse ; les enfants et les pauvres du village précédaient, couraient en avant en poussant des cris de joie et d'envie excités par une pluie de liards et de dragées. Les combattants ne se séparaient que pour courir à un autre champ de bataille. Lucie, comme vous devez le penser, ne fut pas simple spectatrice de cette scène bruyante : elle eut le bonheur de provoquer des rixes.

La cérémonie religieuse fit une grande impression sur les enfants ; il leur sembla être déjà bien avant dans la vie en songeant que douze années s'étaient écoulées depuis qu'elles aussi avaient été apportées à l'église dans les bras de leurs nourrices.

Jean et Thérèse, oubliés en tout autre temps, furent le sujet de la conversation de chaque chaumière. On enviait leur bonheur. Un bon dîner fut servi à la Guiberdière. La marraine en fit les honneurs de façon à mériter des éloges unanimes.

À peine la neige eut-elle disparu, que madame Delorme songea à retourner à Paris. Les choses étaient bien changées. A cette nouvelle, le cœur de Lucie se remplit de tristesse, il lui semblait impossible de vivre sans ses deux amies ; tout était devenu facile pour cette chère enfant ; avec quelle joie elle

Le Baptême d'Emmanuel.

eût renoncé à ce beau titre de Parisienne pour attendre le printemps de l'Anjou !

Il fallut se dire adieu et se consoler avec l'espérance de se revoir aux vacances.

Arrivée à Paris, Lucie se faisait une fête de surprendre Modeste ; ce ne fut pas chose facile de tenir sa langue jusqu'au lendemain : à chaque instant Lucie ouvrait la bouche pour raconter à sa bonne l'heureuse révolution qui s'était opérée dans ses habitudes pendant son séjour en Anjou.

Notre petit prodige commença dès le soir même à plier ses hardes, piquer les épingles sur la pelote. Soit distraction ou calcul, Modeste ne parut point s'apercevoir de ce changement de conduite. — C'est bien, pensa Lucie, nous verrons ce que vous en direz demain, ma chère bonne, en voyant que j'arrange ma chambre et mets tout en ordre. Cette pensée préoccupa tellement la petite fille, que, sans la fatigue d'un voyage aussi long, je crois qu'elle n'eût point dormi.

— D'abord, sur la première invitation de Modeste, Lucie se leva; peu à peu son zèle et sa propreté se manifestèrent à tel point, qu'il semblait de toute impossibilité que la bonne contînt son admiration. — Comment, mademoiselle Lucie! vous prenez la peine de vous servir, de toucher à ces objets, ranger et plier! Non certes, je ne le souffrirai pas; vos habitudes ne sont pas celles-ci, et vous pourriez tomber malade; non, mademoiselle, je ne peux pas voir des choses semblables... Permettez-moi...

La plaisanterie ne fut nullement du goût de Lucie; c'était remettre sans pitié tous ses torts devant ses yeux; elle continua avec une moue fort digne ce qu'elle avait commencé, espérant par là imposer silence à Modeste.

Mais, il faut en convenir, les gens qui nous aiment le plus se font souvent un devoir et un plaisir de nous mettre à l'épreuve, lorsqu'elle doit tourner à notre profit. Au lieu de se rétracter, au moins de se taire, Modeste poussa l'ironie encore plus loin.

— Au reste, je suis bien tranquille, cela ne durera pas longtemps!

Ah! c'en est trop! Lucie n'y tient plus.

— Ma bonne, tu m'ennuies! s'écria-t-elle tout en pleurs. Et, laissant Modeste ébahie de ce coup de tonnerre, elle se sauva chez sa mère, qui ne savait quoi imaginer en voyant l'état de sa fille.

Quel soulagement ce fut pour la pauvre enfant de se plaindre, d'accuser Modeste, de raconter tous ses mots piquants! Madame Delorme ne l'interrompit point, attendant le moment favorable pour se faire entendre.

— Eh bien! maman, puisque Modeste prend les choses ainsi, je ne veux plus rien ranger dans ma chambre, je lui en laisserai toute la peine; je la prends au mot.

Cette résolution sembla soulager Lucie d'un grand poids ; elle essuya ses yeux, et se disposait à retourner auprès de sa bonne, lorsque sa mère la rappela.

— Lucie, chère enfant, écoute-moi : depuis que tu es au monde, tu reçois les soins de Modeste ; crois-tu que sa patience n'ait pas été mise souvent à l'épreuve? lui as-tu exprimé autant de reconnaissance pour son dévouement que tu témoignes de colère pour un reproche qui n'est que trop fondé sur ta conduite passée?

— Maman, je reconnais toutes les bontés de Modeste ; mais se moquer de moi!

— Je conviens que la chose est grave. Toutefois tu pourrais en tirer bon parti. On ne se corrige pas de ses défauts sans qu'il en coûte beaucoup ; les humiliations que nous acceptons sont la garantie que nos efforts seront bénis. A ta place je ne prendrais pas la chose de si haut, j'irais trouver Mo-

BIBLIOTHÈQUE
RÉCRÉATIVE